DISCOURS

Prononcés le 8. Mai 1753.

A L'ASSEMBLÉE PUBLIQUE
DE LA SOCIETÉ ROYALE
DES SCIENCES
ET BELLES-LETTRES
DE NANCY.

A NANCY,
Chez PIERRE ANTOINE, Imprimeur Ordinaire du Roi, de la Société Royale & de l'Hôtel de Ville.

AVEC PRIVILEGE DU ROI.

Mrs. PALISSOT, FRERON & COGOLIN,
ayant été élus par MM. de la Société
Royale, y furent reçus le Mardi 8.
de Mai 1753. Mr. D'HEGUERTY,
Sous-Directeur, ouvrit la Séance, &
prononça le Discours qui suit :

 ESSIEURS,

Ce n'eſt pas ſans regret que je remplis aujourd'hui
les fonctions de Mr. le Directeur. On vient de nous

A

apprendre que la fiévre le retient à Lunéville ; fa fanté nous eft trop chere pour ne pas défirer qu'il y donne tous fes foins.

Il vous auroit retracé, Messieurs, ce que notre reconnoiffance & notre amour nous infpireront toûjours pour notre Augufte Maître. Il l'auroit fait avec cette noble éloquence & ces graces qui lui font fi naturelles: Il nous auroit dit avec quel empreffement l'Académie de Rome a entendu le Difcours dont SA MAJESTE' voulut bien permettre la lecture à notre derniére Séance publique, fous le nom d'un inconnu. Cet ouvrage qui caractérife le vrai Citoyen & qui donne les préceptes les plus fages, fur ce qui peut faire le bonheur des Sociétés & en former une parfaite, entraîna nos fuffrages, excita notre admiration & redoubla notre refpect. Il a fait la même impreffion à Rome, où traduit en Italien & lû devant une augufte Affemblée, il a mérité que fon refpectable Auteur fut élu Membre de l'Académie des Arcades, avec une acclamation univerfelle & avec les éloges qui lui font fi légitimement dûs.

Vous allez entendre, Messieurs, les illuftres Membres que l'Académie vient de s'affocier. Leur réputation dans la République des Lettres nous les faifoit autant fouhaiter pour Confreres, qu'ils ont témoigné d'empreffement de le devenir. Ils fe font dérobés aux charmes de la Capitale du Royaume, à des occupations intéreffantes pour le Public & aux douceurs de leurs Sociétés, pour venir eux-mêmes nous offrir le tribut de leur reconnoiffance.

Mr. le Directeur a confié à Mr. le Sécrétaire, le foin de leur répondre. C'eft une fatisfaction qu'il a voulu laiffer à l'amitié. Elle va devenir dans cette occafion l'interprête de nos.fentimens. Vous jugerez, MESSIEURS, par leurs Difcours, combien nous devons nous féliciter de les avoir pour Confreres.

DISCOURS

De M. Palissot de Montenoy.

ESSIEURS,

Si je n'attribue pas à votre seule indulgence l'honneur que vous m'avez fait de me recevoir parmi vous, si je confens à me fuppofer quelque mérite, c'eft que je dois, du moins par reconnoiffance, ne pas attaquer votre ouvrage. Vous avez bien voulu couronner, dans quelques difpofitions encore imparfaites, le goût que vous me connoiffez pour les Arts. Vous avez rempli le devoir des grands Hommes, celui d'infpirer & d'encourager l'émulation. L'envie qui prend fouvent ombrage de la médiocrité même, eût peut être étouffé ces foibles ta-

B

lens dans leur germe; mais ce vice des ames vulgaires ne peut trouver de place parmi vous. Quels succès assez éclatans , quelle Académie assez floriffante pourroit en effet vous donner quelque jaloufie ? De combien de Noms illuftres vos faftes ne font-ils pas décorés ? Quel genre de Littérature ne fe trouve pas porté à fa perfection dans quelqu'un de vous ? Combien de modéles dans une Académie célébre dès fon aurore ! Un Prélat (*a*) moins refpectable encore par fa naiffance, par fes dignités , par l'eftime dont il honore les Lettres , que par les droits que fes vertus, fes mœurs douces, fon caractére paifible lui donnent fur vos cœurs , & fur la voix publique dont je ne fuis que l'interprête. Un Hiftorien (*b*) choifi par le Roi pour écrire les événemens de fon Régne; choix qui fait l'éloge du Maître & du Sujet. Un Poëte (*c*) ingénieux, délicat & profond, rival de la nature & des graces, lorfqu'il en eft le Peintre, fait pour chanter le génie, en ne fuivant d'autre guide que le fien . . . Mais où m'emporteroit, MESSIEURS, le plaifir de la recon-

(*a*) M. le Primat de Lorraine, Directeur de l'Académie.
(*b*) M. DE SOLIGNAC, Auteur de l'Hiftoire générale de Pologne, Sécrétaire perpétuel.
(*c*) M. DE SAINT-LAMBERT.

noiffance? Je déroge à vos ftatuts, & j'allarme cette mo-
deftie qui reléve dans chacun de vous les dons que vous
a fait la nature. Je fçais un moyen de vous flatter, & de
reconnoître beaucoup mieux que par des louanges, mes
obligations envers vous ; l'honneur que vous m'avez fait
me donne la précieufe liberté de mêler ma voix à celle
de la Renommée, pour célébrer votre Augufte Fondateur.
C'eft à l'émulation qu'il infpire par fon exemple, aux
lumiéres que vous puifez dans fes écrits, aux récompenfes
dont il honore les talens , que ma Patrie eft redevable
du nouveau jour qui fe repand fur elle. Simple Citoyen,
il l'auroit illuftrée ; Philofophe, il l'éclaire ; Monarque, il
l'a rend heureufe. Souverain Bienfaifant, il eft impoffible
de le flatter, parce que l'adulation la plus forte ne devien-
droit, dans fon éloge, qu'une vérité fimple avouée par
tous les cœurs. Qu'il parle, tous les Arts dociles à fa voix
vont fe ranger autour du Trône : Qu'il paroiffe, fon Empire n'a plus de limites : Qu'il commande, le devoir d'o-
béïr n'eft plus un Sacrifice, l'amour en a fait un fentiment.

QUE n'ai-je affez d'éloquence , MESSIEURS, pour
vous rendre ces traits encore plus intéreffans? Avec quel
plaifir n'y découvririez-vous pas, malgré la foibleffe du

coloris, ceux du Vainqueur de Fontenoy, du Pacificateur de l'Europe, de ce Roi cher à la France, aux Nations mêmes dont-il s'eft fait craindre; & que l'humanité doit regarder comme un Bienfaiteur. Etonnante conformité, qui femble avoir concouru pour unir ces deux Monarques, & qui fe manifefte avec tant d'éclat dans l'unique Héritier de leur gloire & de leurs vertus! Nations fortunées, par quels vœux, par quels facrifices avez-vous mérité du Ciel de pareils Souverains? Votre amour pour vos Rois eft un titre, je l'avoue; mais pouvez-vous ne les pas aimer?

DISCOURS

Prononcé par M. FRÉRON, *de l'Académie*
de Montauban.

ESSIEURS,

La vivacité de mes fentimens juftifie feule l'honneur
que je reçois de me voir affocié à votre illuftre Compagnie. Une pareille faveur méritoit bien que je vinffe vous
en remercier moi-même. Mon cœur goûte le plaifir de
fatisfaire fa fenfibilité, & j'aurai du moins à vos yeux le
mérite du zèle. C

Un autre motif m'a fait entreprendre ce voyage. J'ai
eu la curiosité de voir & d'admirer de près le regne
d'Augufte, dont l'hiftoire ne m'avoit donné qu'une idée
imparfaite. Ce feroit ici le lieu de vous exprimer mes ra-
viffemens; mais vous exigez que tout homme de Lettres,
honoré de votre choix, vous communique quelques ré-
flexions de Littérature. Mon premier devoir eft d'obéïr
à vos loix : je fufpends mon hommage.

On parle, on écrit depuis long-tems fur les qualités
qu'exige le ftyle, & fur ce qui s'appelle le bon goût.
Oferois-je, Messieurs, vous propofer des conjectures
fur un fujet, où il n'appartient qu'à vous de donner des
lumiéres ? Tout le monde connoit ce précepte : il faut,
en toute chofe une mefure, il eft de certaines bornes en
deçà & au delà defquelles la perfection ne peut fe trouver.

Eft modus in rebus, funt certi denique fines,
Quos ultrà, citràque nequit confiftere rectum.

Plus on approfondira ce principe qu'Horace n'ap-
plique qu'à la Morale, & plus je m'imagine qu'il paroîtra
fécond. Il convient à tous les ouvrages de la Nature &
de l'Art, à toutes les Sciences, à tous les goûts, à la vertu
même, & fur-tout au ftyle, dont la beauté, fi je ne me

trompe, confifte dans ce jufte milieu, dont parle le Ly-
rique Romain. Quiconque écrit eft placé entre deux
écueils, le fublime gigantefque & la baffeffe rampante.
Les hautes Montagnes & les Vallons humides ne font
point habités. On établit avec volupté fa demeure fur un
Côteau riant, où l'air n'eft ni trop fubtil, ni trop groffier.
Un fleuve qui franchit fes rives porte le ravage; deffeché
il devient inutile; s'il remplit fon lit, l'abondance & la
joie coulent avec fes eaux; l'œil humain fe plait à contempler fon cours, rapide fans violence. L'Aigle qui fe
perd dans la nuë, devient auffi invifible que l'infecte qui
fe cache fous l'herbe. Les Ecrivains guindés ou trainans
ne font point lus. On goûte un Auteur qui n'écrit ni
pour les Sylphes ni pour les Gnomes, mais pour les Hu-
mains. L'art d'écrire exige donc la retenue d'un Sage qui
fe modère dans les plaifirs. Le ftyle doit reffembler à
Junon, qui dans l'Illiade eft peinte fufpendue entre le Ciel
& la Terre.

C'est pour avoir ignoré ou violé cette règle de goût,
que tant d'Auteurs, nés d'ailleurs avec beaucoup d'efprit
& de talens, ne feront jamais comptés parmi les grands
Ecrivains. Leur défaut eft de chercher avec inquiétude

ou des penſées ou des expreſſions rares. Ils ne ſentent pas que l'on ne doit s'attacher qu'à bien développer les idées qui ſont dans tous les eſprits, & les ſentimens qui ſont dans tous les cœurs. Pourquoi certaines Piéces ſont-elles ſi bien reçuës au Théatre? Ce n'eſt pas qu'il y ait du ſaillant, de l'extraordinaire; c'eſt préciſément parce que chacun retrouve ce qu'il a penſé, ce qu'il a ſenti. L'Auteur n'a que l'avantage de faire revivre ces idées primitives, de faire éclore ces mouvemens cachés dans l'ame. Le Spectateur applaudit par amour propre; ſes applaudiſſemens ſont le cri de la Nature qui ſe reconnoît.

C'est donc la marque d'un petit eſprit, que de vouloir imaginer ce que perſonne n'a jamais penſé. Le grand talent eſt de dire ce que tout le monde dit, mais de le dire d'une façon noble, éloignée du langage vulgaire, & néanmoins ſans enflure & ſans faux brillans L'enflure n'eſt pas l'embonpoint; les faux brillans éblouïſſent, il s'agit d'éclairer. La méthode de faire perdre la vuë par le moyen d'un Cuivre étincelant que l'on mettoit devant les yeux, étoit autrefois en uſage. Quelques Auteurs nous font ſouffrir le même ſupplice, par des ouvrages tout pétillans d'eſprit. Ils nous donnent des Feux d'Artifice, & nous

voudrions

voudrions une lumiére pure, douce, égale, comme celle du Soleil dans le Printems & dans l'Automne, moins riche en pompe qu'en bienfaits.

Rousseau a dit de son Maître :

Non moins brillant, quoique sans étincelle,
Le seul Horace en tous genres excelle.

Vous avez remarqué, Messieurs, ce mot *quoique sans étincelle.* On ne trouve point en effet dans Horace de l'étincelant, mais du solide, du vrai revêtu d'une expreffion, tantôt énergique, tantôt fimple, toujours nouvelle & cependant naturelle. Il parle à l'efprit avec le fuffrage du cœur ; fon imagination eft avouée par le jugement ; il ne cherche point à féduire, mais à perfuader ; il ne veut point furprendre l'admiration, mais la mériter.

Quoique notre fiécle ait devant les yeux un fi parfait modéle, & beaucoup d'autres que je pourrois citer, nous ne pouvons nous diffimuler que nos Littérateurs ne tombent dans d'étranges égaremens. On couvre d'un grand mafque le vifage d'un enfant ; on pare Hercule des robes d'Omphale ; on charge de rubis la tête d'une Bergere ; on orne galamment des problêmes d'Euclide. On ne fonge pas qu'il en eft de certaines Sciences comme de

D

certaines profeffions. Elles veulent être revêtuës, fi j'ofe m'exprimer ainfi, avec une noble fimplicité. Que diroit-on d'un Magiftrat qui affecteroit une parure recherchée? C'eft le même ridicule que de femer de fleurs un ouvrage de Phyfique ou de Géométrie.

UN efprit de vertige femble s'être emparé de tous nos François. Lucain eft préféré à Virgile, Sénèque à Cicéron, les Italiens aux Romains. On court, non après des Peintres de la Nature, mais après des Singes de l'Art. Les gens fenfés rient d'une erreur qui fera peu durable. Ces excès ne font fans doute que des leçons que nous donne le goût, comme autrefois un Légiflateur produifit aux yeux des jeunes Spartiates un Efclave dans l'yvreffe.

C'EST ce goût qui fixe le point de la perfection, qui fait trouver à ceux qui le prennent pour guide, ce milieu que la Nature obferve dans fes belles productions. C'eft lui qui étend tout ce qui eft en deçà, qui retranche tout ce qui eft au delà du vrai beau. Sans lui, l'efprit, le génie même perd fon brillant; lui feul marque le prix aux ouvrages, & les rangs fur le Parnaffe.

CORNEILLE avoit plus de génie que Racine; mais le goût lui manquoit. La Mothe avoit peut être plus d'ef-

prit que Rouffeau, il n'avoit pas autant de goût. Qu'eft-
il arrivé ? On ne lit point beaucoup de Tragédies de
Corneille, où cependant il y a du génie. Son Rival eft
entre les mains de tout le monde ; on fçait Rouffeau par
cœur; on n'a rien retenu de la Mothe.

Mais encore, Messieurs, de ce que Racine ne
montre pas autant de génie que Corneille, ni Rouffeau
autant d'efprit que la Mothe, eft-ce à dire qu'ils en euffent
moins? Sans le goût, ils en auroient peut être fait éclater
tout autant. C'eft ce goût fuprême qui les a empéchés
de fe livrer aux fougues d'une imagination enflammée,
que l'on prend fouvent pour le génie , & aux traits fo-
phiftiqués que l'on confond avec l'efprit. Peut être Corneille eut-il été Racine, fi le goût lui avoit appris à ne pas
mettre la Pharfale au deffus de l'Enéïde.

Mais qu'eft-ce donc que ce goût dont on parle fans
ceffe, & fur lequel on a tant écrit ? Eft-ce un fentiment
de l'ame ? Eft-ce une lumiére de l'efprit ? Je croirois ,
Messieurs, que c'eft l'un & l'autre tout enfemble ; que
c'eft à la fois un difcernement vif & une fenfation délicate.
Si j'ofois, je dirois que c'eft le cœur éclairé.

Vous le fentez bien mieux que je ne le définis ici,

Messieurs, dans les écrits sublimes d'un Prince, votre Fondateur & votre Modéle; d'un Prince qui ne met pas plus de bornes à ses bienfaits qu'à ses lumiéres; il chérit, il soulage, il éclaire, il récompense, il honore l'humanité. Son front Auguste est chargé des couronnes de Mars, des guirlandes d'Apollon, de l'olive de Minerve & des palmes de la Religion. Pardonnez, Messieurs, ce mélange de sacré & de profane, en faveur d'un Roi qui réunit l'héroïsme de l'ancienne Rome, & les vertus de la nouvelle.

O Muses, aimez cet azile, où les Sciences solides & les Arts agréables sont cultivés avec supériorité; annoncez votre Restaurateur aux Siécles à venir, & lorsque la toile & le marbre qui offrent ses traits chéris à nos yeux, seront consumés par le tems jaloux, dites ce que vous voyez, ce que vous admirez; célébrez l'Auteur de votre gloire & de votre repos. Vous ne m'avez donné que du zéle, le génie est ici partagé entre vos favoris.

Vous avez placé vous-mêmes à leur tête un Prélat (a) que sa naissance illustre, ses lumiéres, son goût & ses vertus rendent digne de présider aux Arts ainsi qu'aux Autels.

_____

(a) M. De Choiseul, Primat de Lorraine, & Directeur de la Société Royale des Sciences & Belles-Lettres.

Autels. Il nous eut été bien doux de jouïr de sa présence ; mais vous animez de son esprit l'homme aimable, (*a*) qui remplit ses fonctions, avec cette sagesse, cette douceur de mœurs, cette raison éclairée, cette politesse qu'il doit à la Nature autant qu'à vos leçons.

Soit que vous portiez votre vol jusqu'aux Cieux pour en mesurer l'étendue, soit que vous descendiez sur la Terre pour chanter nos plaisirs, soit que vous pénétriez dans le sein de la Nature pour lui dérober ses trésors, vous aurez toujours avec vous cet éléve de Bellone & le vôtre, (*b*) qui sçait allier vos graces, le ton du monde & du sentiment aux Sciences les plus abstraites, & dans qui, par l'accord le plus rare, l'on voit réunis la délicatesse d'Anacréon, l'esprit d'Horace, l'urbanité de Pétrone & la curiosité de Pline.

C'est vous qui avez dicté l'Histoire de la Nation généreuse, qui s'applaudit d'avoir donné la naissance, & qui gémit de ne plus obéïr à votre Auguste Protecteur.

(*a*) M. D'HE'GUERTY, ancien Gouverneur de l'Isle de Bourbon, & Sous-Directeur de la Société Royale.

(*b*) M. le Comte de TRESSAN, Lieutenant-Général, des Armées du Roi, Commandant pour le Roi à Toul, & grand Maréchal des Logis du Roi de Pologne, Duc de Lorraine & de Bar.

E

Engagez l'Auteur (*a*) de cet ouvrage à répondre aux vœux du Public qui en attend la fin, comme un Spectateur attaché pendant les premiers Actes d'une Piéce intéressante & bien écrite, soupire après un dénoüement heureux. Celui de son Livre, quoique prévû, n'en sera pas moins touchant; il nous offrira l'Image de S T A N I S L A S ; il parlera de ses succès & de ses revers ; il le peindra Supérieur aux événemens; il démêlera les intrigues de la Terre avec la profondeur de Tacite, & les écrira avec le nombre harmonieux de Tite-Live.

Vo vs avez mis l'éloquence de Démosthéne sur des lévres, d'où elle coule pour un plus saint usage. Aidez-moi à payer un juste tribut d'éloges à cet Orateur sacré, (*b*) né pour instruire les Rois & pour leur plaire; à ce Chef éclairé d'une Maison Apostolique, qui annonce la piété, la magnificence & l'humanité du Pere de l'heureuse Austrasie; à cet Académicien élégant & poli; à ce Membre distingué d'un Corps, à qui seul il est réservé de ne jamais se démentir. Qu'il m'est doux de pouvoir dans sa Personne rendre un témoignage public de gratitude, d'attachement

(*a*) M. le Chevalier de S O L I G N A C , Sécrétaire du Cabinet & des Commandemens du Roi de Pologne , Duc de Lorraine & de Bar , & Sécrétaire perpétuel de la Société Royale

(*b*) Le R. P. D E M E N O U X , de la Compagnie de Jesus , Supérieur des Missions Royales. de Lorraine , & Membre de la Sociéré des Sciences & Belles-Lettres.

& de vénération à une Compagnie fçavante & vertueufe, dont la gloire rejaillit fur ceux qui la quittent. Je vous dois, MESSIEURS, le bonheur inexprimable d'être affis de nouveau à côté de mes anciens Confréres. Il me femble que je reprens mes premiers liens ; je crois revoir la Patrie-que j'avois abandonnée. En effet, cette Académie, compofée de l'élite d'une Province féconde en gens d'efprit, de génie & de goût, m'offre des traits frapans de reffemblance avec la Société qui a daigné former mes premiers ans. Les vertus & les talens en tout genre y font raffemblés : puiffent-ils s'y perpétuer de même ! Mais le fiécle des grands Rois eft celui des grands Ecrivains ; & il fera fans doute, MESSIEURS, auffi difficile de vous remplacer un jour, que l'Augufte Fondateur, à qui nos voix unanimes ne cefferont de faire entendre ce que la Poftérité penfera de lui.

DISCOURS

Prononcé par Mr. le Chevalier DE
COGOLIN.

ESSIEURS,

Les remercîmens que je vous dois, font trop fentis
pour être rendus; un cœur auffi pénétré que le mien,
laiffe-t'il affés de liberté à l'efprit pour développer fes
fentimens. Jugés de la fituation de mon ame: Recueil-
lie en elle-même pour jouïr plus intérieurement de fon

F

bonheur dans l'inftant le plus vif de fes tranfports, où trouveroit-elle des expreffions qui approchent de la faveur fignalée dont il vous a plu de m'honorer? Amateur des Lettres, à la vérité, dès ma plus tendre jeuneffe, Admirateur affidu des Ouvrages de ces grands Maîtres, dont le goût & les fuccès revivent encore parmi vous ; Pouvois-je efpérer, MESSIEURS, que fans autre titre que celui de les étudier avec conftance, d'être fenfible à ces graces & à ces beautés, qui font le caractére de vos écrits, il me feroit permis un jour de voir mon nom à côté de ceux que la poftérité lira dans vos faftes?

QUELLE gloire pour votre Société Littéraire, MESSIEURS, de voir quelquefois affis au milieu de vous, ce Monarque qui fait vos délices, fans appareil, fans gardes & fans faifceaux; tel que Pline nous repréfente le grand Pompée dans le Cabinet d'un Philofophe.

QUEL excès d'honneur de pouvoir converfer dans le Sanctuaire des Mufes tout à la fois avec l'Artifte, l'Homme de goût, l'Ecrivain profond, l'habile Politique & le Philofophe couronné. Quelle joye! quelle eft fublime! de contempler ce Souverain, le luftre & l'amour de fa Patrie, le Pere & le Bienfaiteur de la vôtre, de le voir

de fes mains Royales vous ouvrir la carriére des Sciences
& vous y guider.

CE Prince, après avoir affuré au dehors la fécurité &
l'abondance, après avoir enrichi fes Etats des monumens
les plus durables de fa libéralité, s'être gravé dans vos
cœurs un fouvenir glorieux qui furvit à l'airain & au
porphire; il vient lui-même dans ce Lycée, dont il eft le
Fondateur, le Protecteur & le Modéle, porter le flam-
beau de la vérité pour apprendre aux Appréciateurs des
talens, cet Art fi difficile de ne récompenfer que le mérite & de mettre les ames fufceptibles d'émulation à portée d'en acquérir. Mais je n'ofe mêler ma foible voix à
celle de la Renommée; puis-je ignorer que les Rois illuftres, qui foumettent l'Univers ou qui l'éclairent, font ré-
fervés aux Apelles feuls, & qu'il n'appartient qu'à des
pinceaux immortels de les tranfmettre aux fiécles futurs.

Peut-être le Ciel ménage-t-il à ma reconnoiffance des
inftans de lumiére que je puiferai ici à fa fource; peut-
être ferai-je affez heureux, en vous imitant, pour mettre
quelques traits à ce grand tableau que la vérité doit tra-
cer & que les Mufes doivent finir : Qu'il m'eft doux,
MESSIEURS, de me livrer à cette efpérance. Animée

par les défirs, foutenuë de l'admiration & du zéle, elle a produit fouvent des fuccès inattendus.

Je devrois vous préfenter aujourd'hui, Messieurs, le tribut Littéraire que vos ufages me prefcrivent, ma mauvaife fanté m'en a empêché; agréés que je le différe pour le rendre plus digne de vous.

Après que les nouveaux Académiciens eurent achevé leurs Discours, Mr. le Chevalier DE SOLIGNAC, *Sécrétaire perpétuel de la Société, répondit :*

ESSIEURS,

LA plus importante de mes fonctions dans ce respectable Lycée, celle qui me doit être la plus agréable & qui l'est en effet, c'est de recueillir tout ce qu'une étude assidue y fait éclore pour le progrès des Sciences & des Arts.

CHARGÉ de remettre aux mains du Public ces Tré-

G

fors précieux qui lui font deftinés & qu'il réclame , je reconnois avec plaifir, que la plus grande gloire que je puiffe acquérir, eft de contribuer par mes foins à leur procurer celle qu'ils méritent.

OCCUPE' de ce devoir, je n'avois d'autre ambition que d'y fatisfaire , lorfque Mr. le Directeur , voulant fans doute me dédommager d'un travail pénible , & m'en récompenfer en quelque forte par le plaifir que j'aurois d'introduire d'anciens Amis dans ce Sanctuaire des Mufes , m'a fait l'honneur de me charger d'une des fonctions les plus flatteufes de la place qu'il occupe fi dignement parmi nous. Puiffai-je en parlant pour lui, ne parler comme lui, que le langage de la raifon & des graces.

JE dois donc aujourd'hui, MESSIEURS, ouvrir les portes de notre Académie à trois nouveaux Affociés ; & par un crayon léger de leur mérite Littéraire, vous intéreffer à la joye que nous nous faifons de les acquérir.

Peut-être ne puis-je rien ajoûter à l'idée, que les Difcours que vous venez d'entendre vous ont déja donnée de leurs talens ; mais votre empreffement à vous rendre à cette Affemblée publique, l'attention que vous y avez apportée jufqu'à préfent, celle dont vous commencez à m'honorer, dans le doute même que je puisse réüssir à la satisfaire; tout m'invite à me conformer à un usage qu'il est de notre intérêt de suivre. Jaloux de votre estime, nous sommes bien aises de justifier à vos yeux les motifs de ces receptions solemnelles, dont nous vous donnons quelquefois l'agréable spectacle. Par un détail abrégé des talens de ceux que nous adoptons, nous cherchons à leur mériter, après notre choix, l'honneur de vos suffrages. D'ailleurs, Messieurs, c'est ici le seul moment où il nous est encore permis de jetter quelques fleurs sur leurs pas. La gloire de ceux que vous voyez déja placés parmi nous, deviendra bien-tôt la nôtre; & cet avantage, si flatteur d'un côté, va nous mettre dès aujourd'hui dans le triste inconvénient de ne pouvoir les loüer, sans risquer d'être accusés de nous loüer nous-mêmes.

Vous connoissez, Messieurs, dès ses plus tendres années, l'un (a) de nos nouveaux Associés. Elevé dans le sein de votre Patrie, & presque sous vos yeux, il fit ses premiéres études avec ces succès brillans & rapides qui devancent quelquefois la marche des Maîtres, & qui pour l'ordinaire annoncent les plus grands talens. Le

(a) Mr. Palissot.

jeune Difciple eût pû , ce femble, enfeigner aux autres par inftinct ce qu'on auroit voulu qu'il n'apprit que par un long afferviffement à une méthode ennuyeufe.

SORTI du Collége à un âge où l'on auroit cru qu'il devoit y entrer, il prit vers le Parnaffe un effor que l'on jugea prématuré, fans le croire abfolument téméraire ; mais le jour le plus beau, quand il commence à paroître, n'a pas encore tout l'éclat qu'il promet; & c'eft afsés que du moment que cet éclat s'annonce, il ne ceffe de croître à chaque inftant.

LA Tragédie de Zarés fuivit bien-tôt les premiers Ouvrages de Mr. Paliffot. Cette piéce joüée d'abord à Paris fans beaucoup de fuccès, regagna bien-tôt par l'impreffion ce qu'elle avoit perdu par la vétilleufe imprudence des Acteurs qui l'avoient mutilée. Falloit-il que la voix publique, dont elle a depuis mérité les fuffrages, leur apprit à l'eftimer; mais leur propre intérêt même cédoit alors à des raifons qu'aucun de nous ne doit s'abaiffer à connoître.

ACTUELLEMENT nous avons un nouvel Ouvrage de Mr. Paliffot ; c'eft la vie des premiers Rois de Rome. Ce que nous en avons déja vû, nous répond de fon talent

lent pour l'Hiftoire. Il eft vrai, comme il l'avoüe lui-
même, qu'il a trouvé fes deffeins tout calqués dans un
Auteur italien, qu'il s'eft fait un mérite de fuivre; mais
à cela près qu'en copiant fon original, il féjourne trop
fur des événemens qui devoient couler avec vîteffe, l'on
apperçoit dans fon pinceau une touche ferme & vigou-
reufe, un coloris vif & gracieux. L'on fent avec plaifir
que quiconque peut écrire avec tant de grace & de cha-
leur, peut déformais ne fe propofer d'autre modéle que
lui-même.

Mr. Fréron vient de loüer cette Hiftoire dans fes feüilles
périodiques, & ne manque point de faire remarquer, ou
pour en relever le mérite, ou pour en faire excufer les
défauts, que l'Auteur ne fait que d'entrer dans fon cin-
quiéme luftre.

Je ne m'attendois pas, MONSIEUR, (a) que vous
pourriez confirmer ici ce que je viens de citer d'un de
vos écrits. Devions-nous efpérer, que vous dérobant à la
Capitale du Royaume, & aux éloges que vous vous y
attirez tous les jours, vous viendriez nous apporter vous-
même un tribut de reconnoiffance, qu'en votre abfence

(a) Mr. FRÉRON, de l'Académie de Montauban.

H

la voix publique fe feroit emprefsée de nous payer pour vous.

Que ne m'eft-il permis de parler ici, comme elle fait dans tous les lieux où l'on fe plaît à lire vos Ouvrages. Vous le fçavez; quand elle fait tant que de donner des loüanges, elles font d'autant moins fufpectes, qu'elle ne fut jamais accusée de les prodiguer. Trop d'empreffement à les mériter, lui fert même fouvent de raifon pour les refufer au mérite. A fon défaut, nos Confreres pourroient vous dire, que fi nous avions pû enfraindre nos Loix, nous aurions prévenu vos défirs, excité, flatté vos efpé-rances, nous vous aurions épargné la peine de venir vous offrir à nous.

Je laiffe à ce corps diftingué, qui par fa conftante application aux Lettres paroît n'avoir à cœur que les progrès de l'efprit, à marquer par les regrets qu'il a eu de vous perdre, l'eftime qu'il a toujours fait de vos ta-lens. Les fentimens que la reconnoiffance vous infpire pour lui, & qui vous font communs avec celui de nos Confreres, (a) dont l'éloquence nous a frappé ce matin,

(a) Mr. l'Abbé CLEMENT, Prédicateur & Aumônier du Roi, Doyen du Chapitre de Ligny, qui ce même jour avoit prononcé le Panégyrique de S. STANISLAS, en préfence de Mrs. de la Société Royale.

ces fentimens nous porteroient à croire que vous n'avez perdu qu'un nom; & vos écrits, que vous le confervés encore. Armé des traits d'une critique judicieufe, toujours paffionné pour l'honneur des Lettres , vous avez pris à tâche de lutter contre cette foule de mauvais Ecrivains, qui n'aimant que les parures artificielles, les ornemens recherchés, les diffections ingénieufes, un clinquant affecté, gâtent le goût de la Nation , déja trop naturellement portée à la frivolité dont on l'accufe.

Qu'il feroit à fouhaiter, que comme le Serpent de Moyfe, vous puffiez engloutir & détruire pour jamais ces reptiles dangereux, qui n'étant propres qu'à fafciner les yeux par les preftiges de l'art, veulent fe donner pour des prodiges de la nature.

Quelquefois avec la précifion d'un géometre, l'équerre & le compas à la main, examinant les écrits les plus folides, vous faites fentir ce qui manque à leur perfection; mais c'eft toujours avec les égards que méritent des talens qui pourroient tirer une efpéce de vanité de leurs fautes même. Vous ne retranchez quelques branches de leurs lauriers, que pour donner plus de force à la féve qui les produit; vous ne blâmez, que par eftime.

JAMAIS le Public n'a démenti vos arrêts. Je ne fuis
ici que l'écho des éloges qu'il vous donne ; mais ceux
dont vous m'avez honoré dans vos ouvrages, ne me per-
mettent de répéter qu'à demi. Je craindrois d'être ac-
cusé de flatterie , & ma reconnoiffance elle - même
m'engage à éviter ce foupçon.

JE puis, fans doute, MONSIEUR, (a) y être également
exposé en parlant ici des talens que vous apportez à notre Académie. C'eft le malheur de l'amitié qu'on la croye
rarement fincére ; & n'eft-ce pas afsés pour la honte de
nos cœurs, que l'amour ne le foit prefque jamais ? Heu-
reufement, il eft des fentimens qui prennent plus de crédit dans les efprits, quand on ne fait que les laiffer de-
viner, que lorfqu'on s'efforce à les faire paroître. N'o-
fant donc mettre ici les miens dans tout leur jour, je me
contente, pour faire fentir l'eftime que vous méritez, de
faire connoître à cette Affemblée, qu'heureux dans le
choix des morceaux de poëfie de l'antiquité, que vous
vous plaifez à traduire en notre langue, vous fçavez
en tranfporter dans vos vers le fublime & la force, la
précifion & la clarté, la douceur & la délicateffe.

C'EST ainfi que vous nous avez donné l'épifode d'A-
riftée.

(a) Mr. le Chevalier de COGOLIN.

riftée & le jugement des armes d'Achille. Dans celui-ci,
paroît de nouveau le fpectacle d'une caufe plaidée par
deux Rois devant un Sénat de Souverains; & l'on eft
charmé d'y retrouver la brillante facilité d'Ovide, & fur-
tout l'énergie, la hardieffe, le feu, la véhémence que ce
grand Poëte met tour à tour dans les fiéres expreffions
d'Ulyffe & d'Ajax.

Votre entrée, Monsieur, dans ce Temple des
Mufes, ne peut que vous exciter de plus en plus à les
cultiver. Vous verrez parmi nous des Eleves de Mars,
comme vous, foûtiens tout à la fois & ornemens de la
Patrie, auffi capables de faire des actions de valeur dignes d'être écrites, que des ouvrages de fçavoir ou d'a-
grément dignes d'être lûs. Vous y verrez les conditions
fe rapprocher par des égards réciproques, les lumiéres
fe réünir fans jaloufie, les talens s'aider fans rivalité, les
opinions fe contredire fans humeur, les avis fe donner
fans préfomption & fans amour propre. Vous y verrez
la raifon parler toujours le langage de la politeffe & de
l'amitié, & ne faire valoir les qualités de l'efprit, qu'autant qu'elles fervent à étendre l'empire de la vertu. C'eft
à l'efprit à la faire aimer; il ne fçauroit en montrer les

I

avantages, s'il ne les a goûtés lui-même par la pratique des devoirs qu'elle prescrit.

INSTRUITS de ces devoirs, qu'une heureuse habitude vous rend tous les jours plus aisés, vous venez, MESSIEURS, concourir avec nous au but principal de nos études, à mettre ces devoirs en crédit.

C'EST le dessein que notre Auguste Fondateur s'est proposé dans l'établissement de notre Académie. Ses exemples doivent nous animer à le remplir; & combien peu d'efforts doivent-ils exiger, s'il est vrai qu'il soit si facile de se former sur les modèles qu'on aime?

www.ingramcontent.com/pod-product-compliance
Lightning Source LLC
Chambersburg PA
CBHW061710180626
46818CB00003B/1333